LULU  RARA

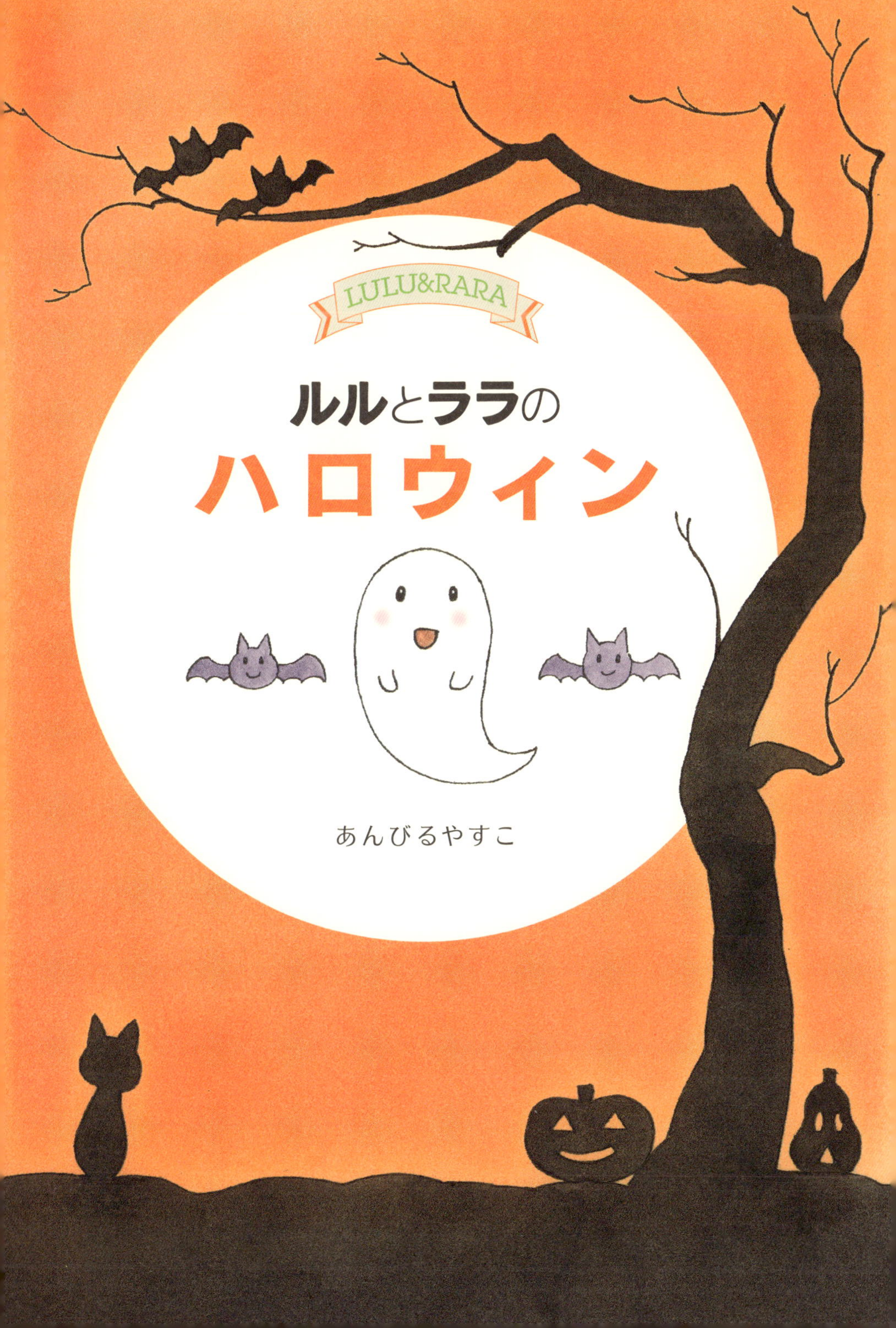

LULU&RARA

ルルとララのハロウィン

あんびるやすこ

1. こわ～いおきゃくさま

秋《あき》がやってきました。
森《もり》は金色《きんいろ》のドレスにきがえ、
かがやいています。
そんなある日《ひ》のこと。
お店《みせ》のなかにとつぜん小《ちい》さな
けむりがふたつ、ポワンと
あらわれて、ルルとララ、
ニッキをおどろかせました。
そしてそこから白《しろ》いハンカチが

二まい、つまみあげられたような形《かたち》で、ひらひらと
でてきたのです。
「まあ！　このハンカチ、目《め》がついてるわ」
よくみると、ハンカチには真《ま》っ黒《くろ》な
ビーズのような目《め》と、
かわいい手《て》が二本《ほん》ついていました。
「もしかして、オ……、オバケ!?」
ルルとララはそういいながら、
おもわず三歩《ぽ》ほどうしろへさがります。

ニッキはララのせなかにかくれました。

すると、二まいのハンカチは、ぺこりとおじぎをしたのです。

「はい、オバケです。ここはルルとララのお店《みせ》ですよね」

ルルがうなずくと、オバケはこうつづけました。

「ハロウィンがちかくなると、オバケの世界《せかい》とこっちの世界《せかい》のさかい目《め》がなくなって、ぼくたちみたいなこどものオバケでも、こちらへこられるようになるんです。でもときどき、でる

場所《ばしょ》をまちがえてしまうから、ちゃんとこられてよかった」

オバケはとても礼儀正《れいぎただ》しくて、それにマシュマロみたいにやわらかそうにみえました。

「さっそくですが、ルルとララ。ぼくたちにケーキをつくってくれませんか？」

なんと、オバケはおきゃくさまだったのです。

「もちろんですとも！」

そうこたえると、こわいきもちがすうっときえていきました。

2. パーティーへの招《しょう》待《たい》

オバケの名前《なまえ》は、クローと
ウーといいました。
クローはにっこりわらうと、
こうはなしはじめます。
「今年《ことし》のハロウィンは二年《ねん》に
一度《ど》の『ランタン
フェスティバル』の年《とし》なんです。
その夜《よる》は、たくさんの
オバケが人間《にんげん》たちの世界《せかい》に

LANTERN
FESTIVAL

やってきて、ランタンをさげるんですよ」

するとウーも口《くち》をそろえました。

「ランタンがたくさんとびかって、そりゃあ、きれいな景色《けしき》なんです。といっても……」

と、ここまでいうと、ちょっと顔《かお》をくもらせます。

「森《もり》のみんなは、このランタンの光《ひかり》をこわがっているっていうオバケもいますけれど」

するとまた、クローがあかるい声《こえ》でつづけます。

「でもぼくは、そんなはずないって、おもうんです。だって

ランタンは、いまはいなくなって
しまった仲間《なかま》がみまもっている
ことをみんなにしらせる光《ひかり》
なんですから。だから、森《もり》の
みんなにも、いっしょにフェスティバルを
たのしんでほしいとおもって
いるんですよ」
そうきいて、ニッキはすこし
まゆをひそめました。二年《ねん》に一度《ど》

とびかうあの光《ひかり》に、そんな意味《いみ》が
あるなんて信《しん》じられなかった
からです。それに森《もり》の仲間《なかま》は、
その光《ひかり》を「オバケの光《ひかり》」と
よんで、みないようにしてきました。
けれど、そのことを、クローも
ウーもしりません。ふたりは
ただ、森《もり》の仲間《なかま》と友《とも》だちに
なりたかったのです。

そこで、クローとウーは、「ランタンフェスティバルパーティー」をひらくことをおもいついたのでした。

「ぼくたちはこれから、森《もり》にすむみんなの家《いえ》をたずねて、しょうたいじょうをくばるつもりなんです」

そういって、　たくさんのしょうたいじょうをみせてくれました。

でも、ウーはすこし心配《しんぱい》そうです。

「ぼくたちがこのパーティーをおもいついたとき、おとなたちから『さそったって、だれもきやしないさ』って、いわれたんです。だいじょうぶかなあ……」

するとクローがあかるくさえぎりました。

「やってみなくちゃ、わからないよ。みんながよろこぶ

すばらしいパーティーにすれば、きっと
だいじょうぶ。花《はな》でかざったテーブルや、
すてきなピアノ。そんな『かんぺき』な
パーティーにすればね！」
そして、ルルとララをみつめて、
こうつづけます。
「きょうここへきたのも、
そのパーティーケーキを
注文《ちゅうもん》するためなんです。

いままでみたことのない
ケーキをつくってください」

「みたことのないケーキ？」

顔《かお》をみあわせるルルとララに、
オバケたちはうなずきました。

「パーティーは来週《らいしゅう》の日曜《にちよう》です
からね。お皿《さら》もカップも、オバケの
世界《せかい》でいちばんよいものを
もってきます」

それからオバケたちは、三まいの
しょうたいじょうをさしだしました。
「まずは、三人《にん》にわたさなくっちゃ」
ルルとララはよろこんでうけとりました。
けれど、ニッキはララのせなかから顔《かお》だけ
だして、こういったのです。
「あいにくじつに。その夜《よる》は予定《よてい》があるのであります」
それをきくと、オバケたちはとてもざんねんそうに、ふうっと
すがたをけしたのでした。

3. ケーキポップ

クローとウーがすがたを
けすと、ニッキもすぐに森《もり》に
かえっていきました。
それからルルとララは、
さっそくスポンジケーキを
つくりはじめたのです。
「みたこともない、ごうかな
ケーキには、大《おお》きなスポンジ
ケーキがひつようよね」

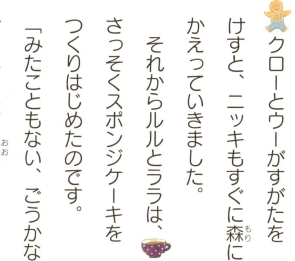

ところが、オーブンでスポンジケーキをやいてみると、うまくいきません。ふたりはまだ、うまくオーブンをつかいこなすことができないのです。

そうしてキッチンには、こげたケーキと、真《ま》ん中《なか》がしぼんでしまったケーキがならびました。

「また失敗《しっぱい》ね、
ララ。味《あじ》は
とってもおいしいけれど、
みた目《め》がちょっと……」
「そうよね、ルル。この失敗《しっぱい》した
スポンジケーキは、どうしたらいいものかしら？」

するとそのとき、シュガーおばさんがやってきました。
「みた目《め》が悪《わる》いだけなら、くずしてつかってみたら?
ルルとララ」
そうきいて、おどろくルルとララに、シュガーおばさんはにっこりとわらいました。
「かんたんに、とっても

かわいいお菓子《かし》に生《う》まれかわるのよ。『ケーキポップ』っていうの」

ケーキポップとは、くずしたスポンジケーキにバターでつくったクリームをまぜてつくるケーキでした。

ケーキポップ

クリームをつくる

1 つくりはじめるまえにバターをれいぞうこからだしてやわらかくしておきます。

2 1をボウルにいれてねります。

3 2へこなざとうをいれてなめらかになるまでまぜます。

生地《きじ》をつくる

4 スポンジケーキをふくろにいれて手でもむようにしてくずします。

5 4をボウルにいれ、大きなかたまりは手をすりあわせて小さくします。

6 5のボウルに3のクリームをいれてまぜあわせます。

7 6を大さじ1、手のひらにとり、まるめます。

ざいりょう

8こ分

・スポンジケーキ（プレーン）　100g
・バター　25g
・こなざとう　大さじ1
・コーティングチョコレート　150g～200g

かならずコーティング用をつかってね

ケーキポップづくりは、秋から春さきまでの気温の低い時期がおすすめです。

まるめるまえに、一度ぎゅっとにぎると、うまくいくのよ。ひびわれにちゅういしてね。

8 7をクッキングシートにならべ、ラップをかけて、れいぞうこで30ぷんしっかりひやします。

コーティングのじゅんび

9 ボウルにコーティングチョコレートをいれて、フォークでくずします。

こまかくくずさなくてもだいじょうぶ。

レンジで1ぷんあたためたら、とりだしてまぜます。まだとけきっていなかったら、レンジにもどして10びょうあたためてまぜます。

ざいりょう

・ぼう（おかし用のスティック）

・かざりつけのチョコやシュガー

はっぽうスチロール（オアシスでもOK）

ケーキポップをたてる台

コーティングする

はっぽうスチロールには、あらかじめ「あな」をあけておいて。

コーティングする

10 9のボウルにぼうをしずめて、1.5センチくらいチョコをつけます。チョコのついている部分を8にさして3ぷんかんかわかします。

10にはホワイトチョコでなく、ブラックチョコをつかってね。

11 ケーキ部分をチョコにしずめてとりだし、ぼうをまわして、よぶんなチョコをおとします。

チョコがかたくなったら、レンジで10びょうあたためてね。

12 かわくまえにデコレーションをふりかけて。

13 台にさしこんでかわかします。

❤二、三日くらいでたべきりましょう。

「わあ、かわいい」

「ぼうつきのケーキなんて、はじめてつくったわ」

ルルとララは大《おお》よろこびです。

「クリームの味《あじ》をかえたり、ココアのスポンジケーキをつかったりすれば、いろいろな味《あじ》のケーキポップがつくれるのよ」

「たのしそう！」

「それに、かんたんそう！」

ふたりは、そういって、さっそくいろいろな、ケーキポップをつくってみることにしました。

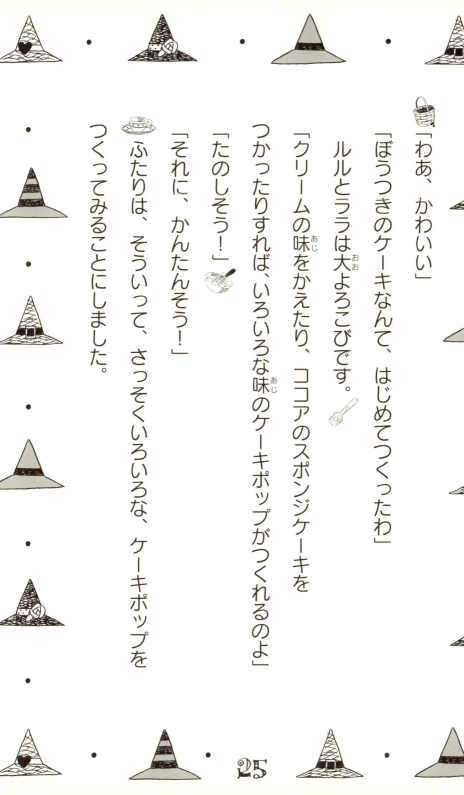

つくりかた

1 22ページの1～5のとおりにつくります。

2 1のボウルにココアを大さじ1いれて、まぜあわせます。

3 22ページの6のとおりにクリームをよくまぜたらダイスアーモンドを大さじ1いれて、まぜあわせます。

4 22～24ページの7～13のとおりにつくります。

ココア&ナッツのCake Pops

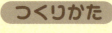

クリームチーズとオレンジピールのCake Pops

つくりかた

1. つくりはじめるまえにクリームチーズ50gを れいぞうこからだして、やわらかくしておきます。
2. ①をボウルにいれてねり、そこへ、こなざとう大さじ1をいれてまぜあわせます。
3. 22ページの4～5のとおりにスポンジをくだいて、②のクリームとまぜあわせます。
4. ③のボウルにオレンジピール大さじ1をいれてまぜあわせます。
5. 22～24ページの7～13のとおりにつくります。

ケーキポップのできばえに、シュガーおばさんもほほえみます。

「スポンジケーキも、きっともうすぐじょうずに、やけるようになるわよ、ルルとララ。もしまた失敗《しっぱい》しても、ケーキポップをつくればいいわ」

ルルとララも、にっこりとうなずきました。

「また来週《らいしゅう》がんばりましょうね、ララ」

「そうね、ルル。パーティーは日曜日《にちようび》ですもの。つぎの土曜日《どようび》にきれいにスポンジがやければ、だいじょうぶだわ」

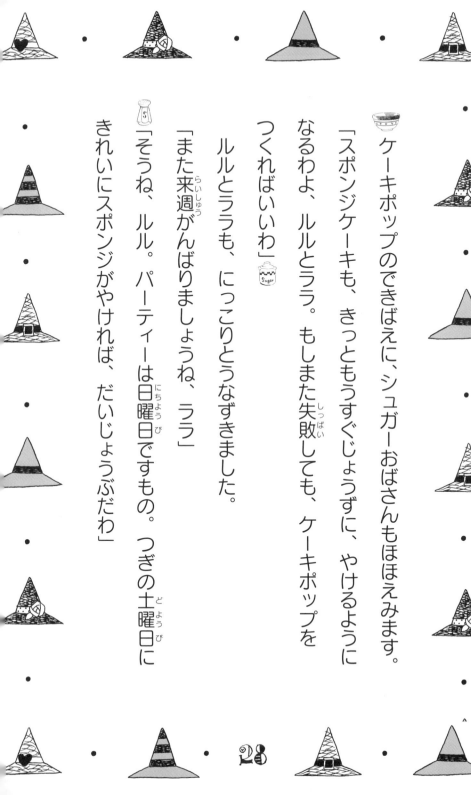

4. オバケはきらい？

そうしてつぎの土曜日《どようび》。
ルルとララは、もう一度《ど》
スポンジケーキをやくことに
しました。

きょうはココアのはいった
スポンジにもチャレンジ
します。

「きょうこそうまくいきそうな
きがするわ」

ララはそういいましたが、
やきはじめてみると、やっぱり
うまくいきません。てつだって
いるニッキも心配《しんぱい》に
なってきました。

「いやはやじつに。マカロンの
ようには、うまくいかないので
あります」

こげたり、しぼんだり、失敗《しっぱい》した
ケーキがキッチンのテーブルに
つぎつぎにならんで
いくばかりです。

そんなとき、キッチンに
ポワンとふたつのけむりが
あらわれました。
クローとウーが
やってきたのです。

「こんにちは、ルルとララ」
すがたをあらわしたクローとウーはガッカリとしたようす
でした。

（この失敗《しっぱい》したスポンジケーキをみたら、ガッカリするのも
むりもないわね）

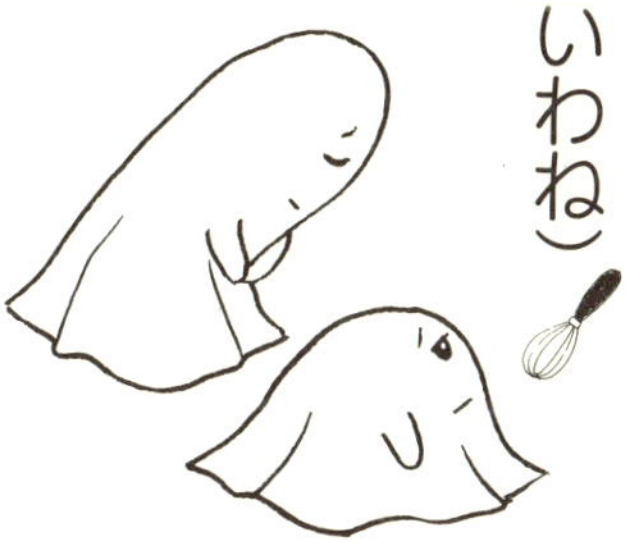

ルルはそうおもいましたが、ララはどうどうとこういいます。

「ケーキはまだできていないけれど、あしたの夜《よる》までには、
きっとみたこともないケーキをつくってみせるわ」

ところが、それでもまだオバケたちはガッカリしたままでした。

そしてこういったのです。
「いいえ、ケーキはもういりません、
ルルとララ。だって、
パーティーはひらかないことに
したんですから」
「え？　どうして？」
ルルとララは、
おどろいて顔《かお》を
みあわせます。

クローとウーの
目《め》には、なみだが
うかんでいました。
「だって、……だれも
きてくれないからです」
先週《せんしゅう》ケーキを注文《ちゅうもん》してから、
クローとウーは、はりきって森《もり》の
仲間《なかま》の家《いえ》をたずねてまわりました。
しょうたいじょうをくばりにいったのです。

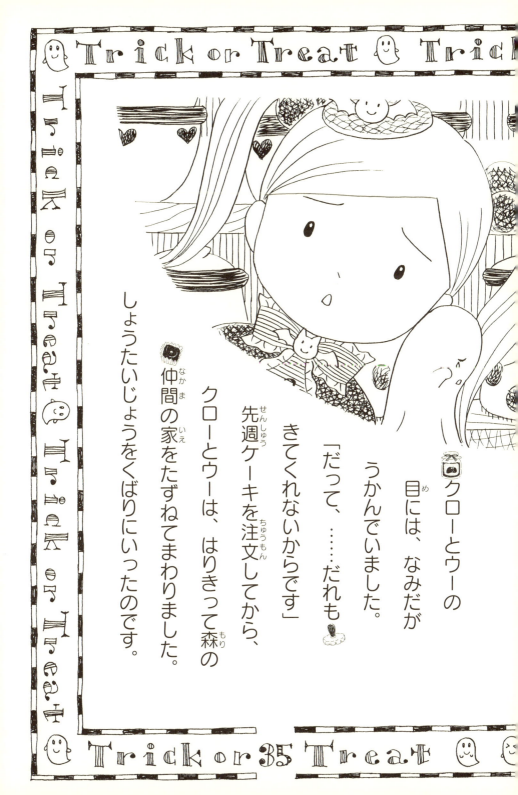

ところが、どの家《いえ》でもふたりは
かんげいされませんでした。
それどころか、ひめいを
あげられたり、おいはらわれたり。
はなしをきいてさえくれない
動物《どうぶつ》もいました。

きいてくれたとしても、だれも
しょうたいじょうをうけとろうとは
しなかったのです。

そこまできくと、ルルとララは
ちらりとニッキをみました。
ニッキが「その夜《よる》は予定《よてい》がある」
とことわったのも、
うそだったのでしょうか。
「きっとみんなは、オバケと友《とも》だちに
なりたくないんです」
ウーがそういって、しくしく泣《な》き
はじめると、クローもつられて

泣《な》きはじめました。
「おとなのオバケがいった
とおりでした。オバケが友《とも》だちに
なれるのはオバケだけ。
動物《どうぶつ》たちとは、友《とも》だちになんて
なれないって」
やってみなくちゃ、わからない、
というきもちも、いまは
すっかりしぼんでしまったのです。

5. ハロウィンのおしらせ

クローとウーが泣《な》きながらかえっていくと、ニッキはすっかりうなだれました。

「なんともじつに。オバケだっていうだけで、友《とも》だちになれないときめつけたのはまちがっていたのであります。それどころか、いやなことをされたわけでも

ないのに、うそをついて
さそいをことわるなんて、
とんでもないことを
してしまったのであります」
ルルは、そんなニッキを
やさしくのぞきこみました。
「あやまりたいなら、まだ
おそくないわ、ニッキ。ほんとうの
ことをきちんとしれば、森《もり》のみんなも

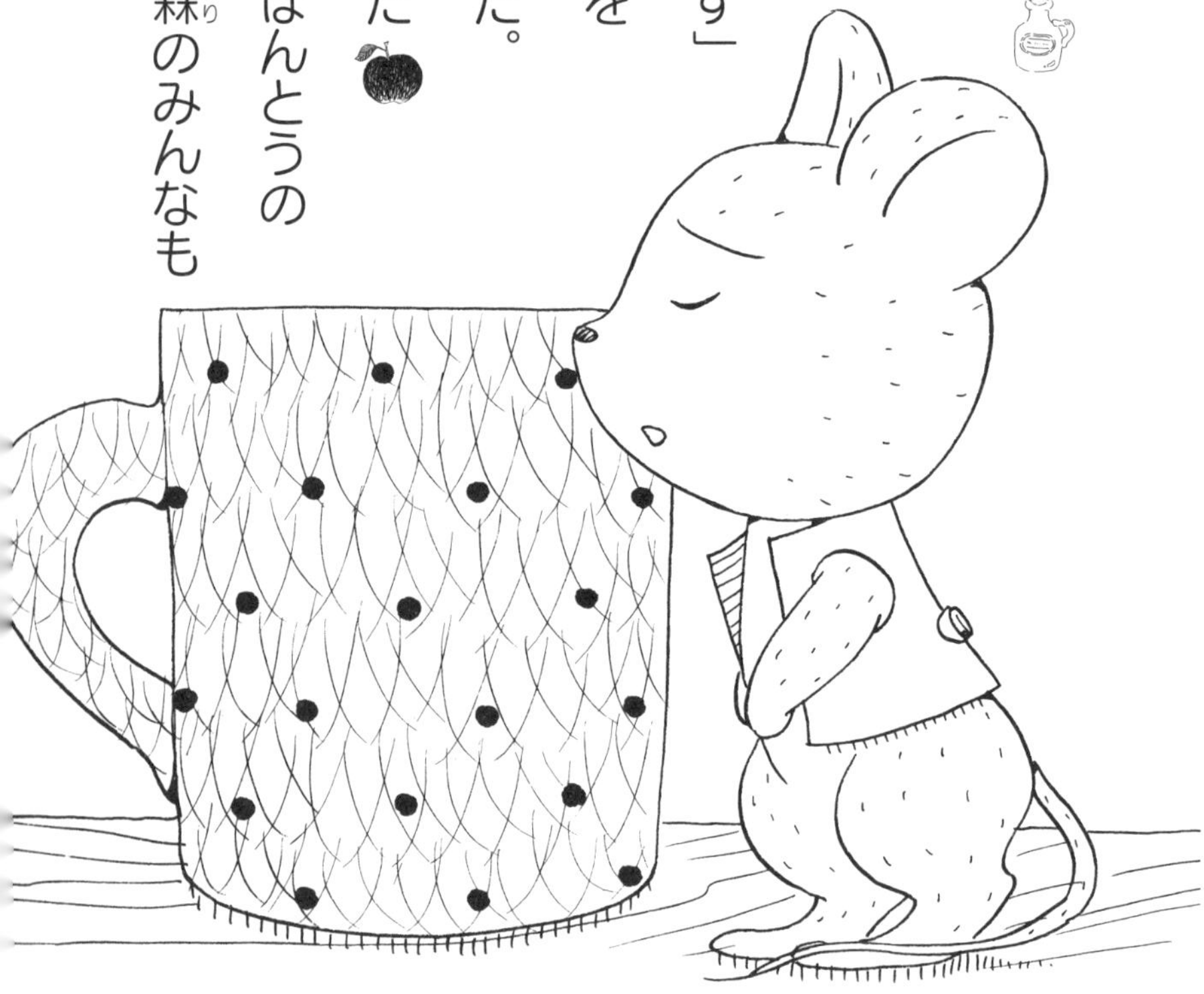

ニッキとおなじようにおもうはずよ。だから、オバケたちともう一度《ど》あえたなら、きっと友《とも》だちになれるわよ」

「でもじつに。パーティーはなくなったし、
もうあえないのであります」

するとララがポンと手《て》をたたいたのです。
「あえるわよ！　だってあしたはハロウィンですもの！」
そして、こんなポスターをたくさんつくりました。
『ハッピーハロウィン。あしたお店《みせ》にきた
オバケと、オバケにばけた動物《どうぶつ》に
ハロウィンのお菓子《かし》をプレゼント！
あいことばは、もちろんトリック　オア　トリート！』
「なるほどじつに！　これを森《もり》の木《き》にはっておけば、
オバケたちもきっとみるでありましょう。クローとウーも。

それにもちろん、くいしんぼうな森《もり》の仲間《なかま》たちも、であります！」

ニッキはポスターをかかえて、森《もり》にかけだしていきました。
ルルとララもハロウィンでプレゼントするお菓子《かし》をつくり
はじめます。
「たくさんつくるなら、
クッキーよね！」
ふたりは、
クッキーを
山《やま》ほどやき
あげました。

つぎに
こなざとうで
デコレーション用《よう》の
アイシングをつくります。
アイシングの色《いろ》は
むらさきやオレンジや黒《くろ》。
クッキーにぬると、たちまち
ハロウィンらしいお菓子《かし》になりました。
それを小《ちい》さなふくろにいれれば、プレゼントのできあがりです。

「目」は
まえの日までに
つくっておいてね!!
ハロウィンの
おしゃれクッキー

つくりかた

1『ルルとララのおしゃれクッキー』22、23ページのとおりにクッキーをつくります。ハロウィンらしいぬき型がおすすめ!!

2『ルルとララのおしゃれクッキー』44、45ページのやり方でクッキーにアイシングを1色ずつのせます。

こうもり

2のアイシングがかわくまえにアラザンをつけて目をつくります。

オバケとくろねこ

2のアイシングがかわいてからべつにつくっておいた目をつけます。ねこはアラザンでハナをチョコスプレーでひげをつくります。（それぞれのつけたいところにようじでアイシングをすこしつけて、そのうえにパーツをのせます）

かぼちゃ

2のアイシングがかわくまえにハート型のシュガーをつけてヘタをつくります。口と目はアイシングがかわいてからチョコペンでかきます。

かわいい お目々をつくろう！

1 つくりたい目のサイズのめやすを紙にかき、そのうえにクッキングシートをのせます。

2『ルルとララのおしゃれクッキー』の44ページどおりにアイシングをつくり、しぼりぶくろにいれます。

黒・ブラックココア小さじ2をよくまぜます。

白・なにもまぜないでそのままつかいます。

3 **1**に**2**のアイシングをしぼります（オバケは黒、ねこは白）。

4 30ぷんたって**3**がかわいたら、ようじで、うえからべつの色のアイシングをのせます。

5 **4**をシートごとれいぞうこにいれて1日かわかします。

6. トリック オア トリート

ハロウィンの日《ひ》。
お店《みせ》にまずやってきたのは
オバケたちです。
オバケはにっこりわらうと、
「あいことば」をさけびました。
「トリック　オア　トリート！」
お菓子《かし》をくれないと、
いたずらするよ、という
意味《いみ》です。

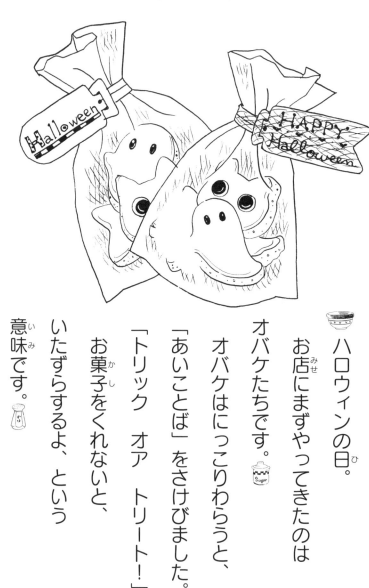

そのたびに、ルルとララはかわいいクッキーのはいった
ふくろをわたすのでした。
森《もり》の仲間《なかま》たちは、そんなようすを、はじめは、とおくから
こわごわみているだけでした。でも、おいしそうなクッキーに
ひかれて、だんだんとお店《みせ》にちかづいてきたのです。
なかには、おもいきってオバケにばけて、クッキーをもらおう
と、白《しろ》いシーツをかぶる仲間《なかま》もいました。シーツをかぶれば、
ネズミもリスも、キツネだってオバケそっくりです。
そうしてみんなは、だんだんこういいはじめました。

「オバケって、ちかくでみてみると、
そんなにこわそうじゃないね」
「うん、シーツを
かぶったぼくたちと
かわりないよ」
そんな森《もり》の仲間《なかま》たちに、
オバケがにっこりとわらい
かけました。
「やあ、うまくばけたねえ。

ぼくたちとそっくりだ。なんだか仲間《なかま》に
なったみたいで、うれしいなあ」
そういわれると、動物《どうぶつ》たちもオバケの仲間《なかま》に
なったようなきがしてきました。
そして、こうもおもったのです。
〈こうしてシーツをかぶっただけでオバケに
変身《へんしん》できるけれど、シーツのなかみは
ぼくのまま。どんなすがたを
しているかなんて、ほんとうは

だいじじゃないいんじゃないのかな
（それなのに、ただオバケだって
いうだけで、きらってしまった
なんて）

森《もり》の仲間《なかま》たちはシーツで
オバケになってみて、
はじめて自分《じぶん》たちがとても
失礼《しつれい》だったと、きが
ついたのです。

そうしていつのまにか、オバケと動物《どうぶつ》たちは、いっしょにクッキーをたべながら、いろいろなことをはなしはじめました。

なかでも、オバケのランタンの光《ひかり》の意味《いみ》をしって、森《もり》の仲間《なかま》たちはおどろきました。

「いまはもうあえなくなってしまった仲間《なかま》

からのあたたかい光《ひかり》のメッセージだったなんて……」

そして、パーティーのさそいをことわったことをざんねんに
おもいはじめたのです。

「こんばんのパーティー、やっぱりいきたいなあ」

「一度《ど》ことわったけど、いってもいいかしら?」

それをきいて、クローとウーはとてもうれしくなりました。
でもふたりとも、こまった顔《かお》をしています。
「じつは、パーティーのじゅんびを、なにもしていないんです。
花《はな》でかざったテーブルも、ピアノも、ピカピカのグラスも
ありません。もちろんケーキもです。だからざんねんだけど、

パーティーはできません」

すると、ルルとララがこういいました。

「あら、できないかどうかは、やってみなくちゃわからないでしょ？　それにケーキなら用意《ようい》するわ！　注文《ちゅうもん》どおり、みたこともないケーキをね。そのケーキはテーブルもお皿《さら》もいらないの！　だからなんの用意《ようい》がなくても、だいじょうぶ。すてきなハロウィンパーティーができるわ」

テーブルもお皿《さら》もいらないケーキときいて、みんなは首《くび》をかしげました。

HAPPY
Halloween

7. ランタンフェスティバル

ルルとララは大《おお》いそぎで
キッチンにはいると、こげたり
しぼんだりしてしまった
スポンジケーキを、こまかく
くずしはじめました。
「ケーキポップなら、お皿《さら》
なんていらないものね、ララ」
「そのとおりよ、ルル。それに
ざいりょうもこんなにたくさん

あるわ」

そしてあっというまにケーキポップの生地《きじ》をつくりあげました。

「ハロウィンらしいケーキポップにしましょう」

ふたりは、クッキー型《がた》をつかってオバケや猫《ねこ》のかたちのケーキポップをつくることにしました。生地《きじ》を一、五センチほどのあつさになるようにのばして、クッキー型《がた》でぬくのです。

ビスケットとくみあわせて、まじょのぼうしのケーキポップもつくりました。こうして日《ひ》がくれるころには、たくさんのケーキポップができあがったのです。

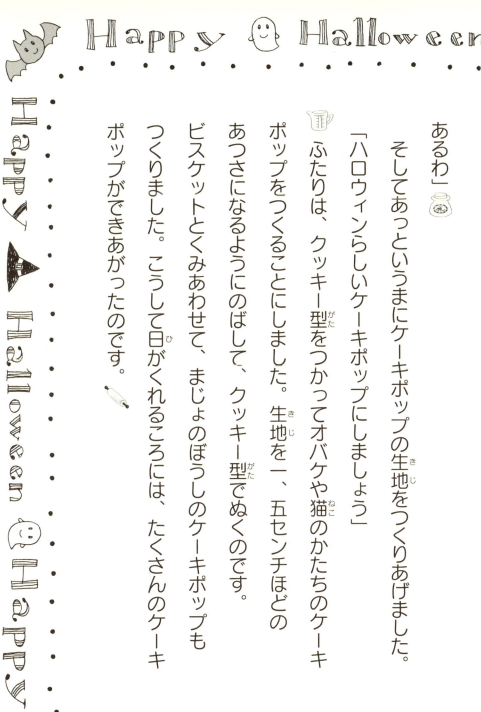

ケーキポップ

オバケ・ねこ・こうもり

❤「目」はまえの日につくっておきます（47ページ）

1 22ページのとおりに1～6までつくります。

2 たいらなところにラップをしいて
1の生地をおき、そのうえに
ラップをかぶせます。

3 めんぼうで2をのばして
1.5センチぐらいのあつさにします。

4 3をクッキー型でぬいて、バットにならべ
ラップをかけて、れいぞうこで30ぷんひやします。

5 23、24ページの9～13のとおりにつくります。

まじょのぼうし

1 22ページのとおりに1～6までつくります。
2 大さじ1の生地をたいらな台にのせての形にします。
3 チョコレートを小さいカップにいれて、
レンジ（500W）で20びょうあたため、とかします。

3のチョコレートはすこしだけあればOK

4 2の「そこ」に3をつけてビスケットの
上においてかためます。
5 3のチョコをぼうに2センチつけて、ぼうを4に
さして、バットにならべます。
6 5にラップをかけてれいぞうこで30ぷんひやします。
7 23、24ページの9～13のとおりにコーティング
して、クッキングシートにおいて、かたまるまでまちます。

ぼうしの
かざりはアラザンよ！
コーティングチョコが
かわいてから
チョコペンで
つけてね

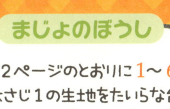

できあがったケーキポップをもってふたりが
丘《おか》にのぼると、もうランタンがかがやき
はじめていました。たくさんのオバケ
たちが、ひとつずつ小《ちい》さなランタンを
もっているのです。

「さあ、めしあがれ！」

ケーキポップをみて、みんなは
とてもおどろきました。

「こんなケーキ、はじめて！」

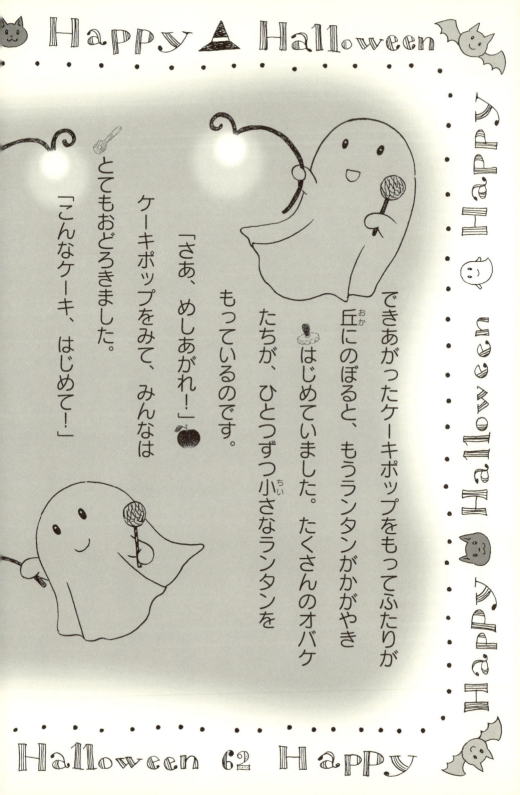

「これなら、ふわふわ
とびながらでも、たべられるね」
「それに、とってもおいしそう！」

空《そら》があい色《いろ》にかわるころ、オバケたちは
空《そら》をまいはじめました。
「なんてきれいな光《ひかり》なんだろう」
森《もり》の仲間《なかま》たちは、むねのおくが、
あたたかくなるのを
かんじました。

そうしてケーキポップをたべながら、ランタンの光《ひかり》を
みあげたのです。
歌《うた》のうまい森《もり》の仲間《なかま》が、ロマンチックな
歌《うた》を
歌《うた》いはじめると、
パーティーは
ますます
もりあがりました。
「ねえ、クローとウー。

注文《ちゅうもん》どおりのケーキだったでしょ?」
そういうララに、クローは
にっこりとうなずきました。
「ほんとうに。お皿《さら》も
いらないパーティーも
あるんですね。それに、この歌《うた》。
ピアノだっていらなかったんだ。
花《はな》でかざったテーブルも」
そのよこで、ウーがこうつづけます。

「パーティーでは、もちろんケーキもだいじだけれど、なにより『みんながあつまって、仲《なか》よくいっしょにいること』がだいじなんだね。たりないものがあったとしても、それさえあれば、『かんぺきな』パーティーになるんだね」

ケーキポップをたべながら、ニッキもにっこりうなずきました。

「まったくじつに。なにごとも、やってみなくちゃ、わからないのであります」

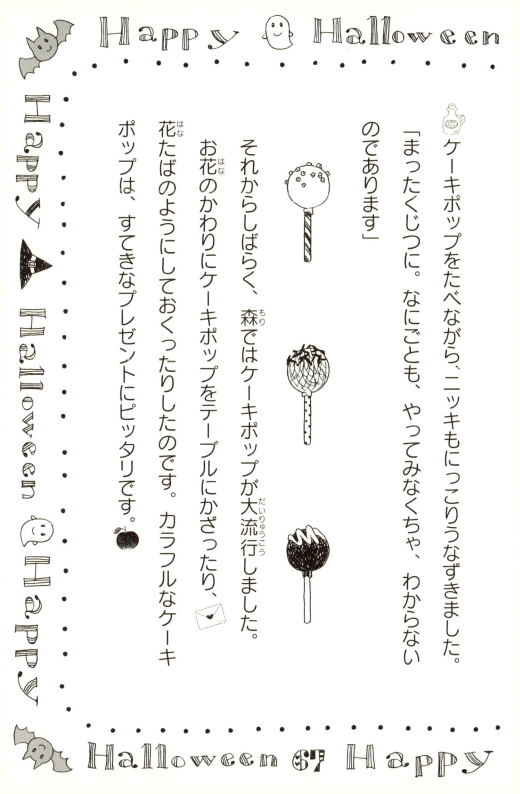

それからしばらく、森《もり》ではケーキポップが大流行《だいりゅうこう》しました。お花《はな》のかわりにケーキポップをテーブルにかざったり、花《はな》たばのようにしておくったりしたのです。カラフルなケーキポップは、すてきなプレゼントにピッタリです。

Cake Pops

コーティングしたチョコが、かわくまでまちます。星（デコレーション用シュガー）をつけたいところに、ようじですこしアイシング（47 ページ）をのせて、そのうえに星をのせます。

ハートや星のクッキー型をつかって、かわいいケーキポップをつくってね

星とおなじやりかたでまるいシュガーをつけます。

コーティングしたチョコがかたまったら、チョコペンでデコレーションして、そのうえにカラフルなアラザンをかざります。

かわいい♥
コーティングチョコレートにはいろいろな色があるの。みどりはホワイトチョコにまっちゃをまぜてつくれるわ
コーティングチョコレートがかわかないうちにチョコスプレーをぱらぱらとふりかけます。
星とおなじやりかたで、ハート型のシュガーをつけます。ぼうにメッセージカードをとおしてプレゼントに！
Halloween
Halloween
Halloween
Halloween
Halloween
Thank You
黄色いコーティングチョコレートがあったら、星型もつくってみてね。

お店《みせ》にはいろいろなケーキポップがならんでいます。

そのなかでも、いちばん人気《にんき》があるのは、もちろんオバケのケーキポップ。そのぼうには、カードがとおしてあって、みんなが大好《だいす》きになったことばもかいてありました。

ルルとララも、このケーキポップをつくるのが大好《だいす》き。

ふたりには、まだできないことが、たくさんあります。
でも、おもいどおりに
いかなくたって、
ガッカリしなくて
いいのです。

オバケのケーキ
ポップをつくる
たびに、ふたりは
そうおもうのでした。

あんびるやすこ

群馬県生まれ。東海大学文学部日本文学科卒業。

テレビアニメーションの美術設定を担当。その後、玩具の企画デザインの仕事に携わり、絵本、児童書の創作活動に入る。主な作品に、『せかいいちおいしいレストラン』「こじまのもり」シリーズ（共にひさかたチャイルド）「魔法の庭ものがたり」シリーズ（ポプラ社）『妖精の家具、おつくりします。』『妖精のぼうし、おゆずりします。』（PHP研究所）「なんでも魔女商会」「ルルとララ」「アンティークFUGA」シリーズ（いずれも岩崎書店）などがある。

ホームページ：http://www.ambiru-yasuko.com

レシピ協力　金丸昭子

お手紙
おまちしています！
いただいたお手紙は
作者におわたし
いたします。

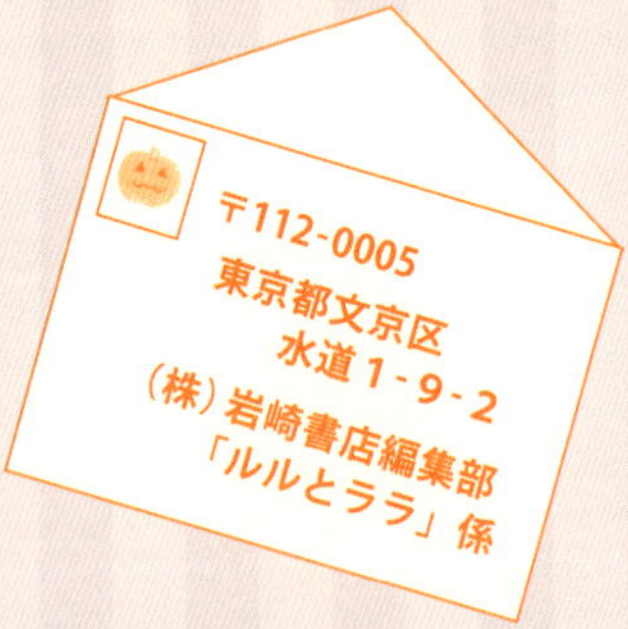
〒112-0005
東京都文京区
水道1-9-2
（株）岩崎書店編集部
「ルルとララ」係

ルルとララのハロウィン　おはなしトントン 59　NDC913

発行　2017年9月30日　第1刷発行
　　　2019年8月15日　第3刷発行

作・絵　あんびるやすこ
デザイン　祝田ゆう子
発行者　岩崎弘明　　編集　島岡理恵子
発行所　株式会社岩崎書店　東京都文京区水道1-9-2　〒112-0005
TEL 03-3812-9131（営業）03-3813-5526（編集）
振替 00170-5-96822
印　刷　広研印刷株式会社
製　本　株式会社若林製本工場

ISBN978-4-265-07407-5
Published by IWASAKI Publishing Co.,Ltd. Printed in Japan.

岩崎書店ホームページ ● http://www.iwasakishoten.co.jp
ご意見、ご感想をお寄せ下さい。　E-mail ● info@iwasakishoten.co.jp

LULU&RARA

Sugar

honey